VALOMBRÉ,

COMÉDIE

EN CINQ ACTES ET EN PROSE,

PAR Mr ... ***...

1807.

VALOMBRÉ.

CELIMENE.

DORVILLE, *Frère de Valombré.*

DESPRÊS, *ami de Valombré.*

ANGELIQUE, *Fille de Desprès.*

DORIMOND.

JULIE, *Femme de chambre de Celimene.*

DUBOIS, *ancien Domestique de Desprès.*

PICARD, *Domestique de Valombré.*

GERMOND, *l'un des Fermiers de Valombré.*

La SŒUR de GERMOND.

PAYSANS.

Partie d'un parc. Deux issues conduisant vers la Maison, qu'on peut laisser appercevoir à quelque distance. Une place propre à s'asseoir auprès de quelques arbustes fleuris. De grands arbres donnant un bel ombrage. Une percée qui laisse voir des lointains. Que le site, en général, soit au moins pittoresque, sans trop ressembler à ce qu'on appelle vulgairement jardin anglais.

VALOMBRÉ.

COMÉDIE.

ACTE PREMIER.

SCENE PREMIÈRE.

CELIMENE, JULIE.

JULIE.

Vous allez donc m'expliquer quel motif peut, si matin, nous amener ici. Se lever presqu'avec le jour, comme le peuple ! on en parlera. — Enfin, Madame, vous avez vu l'aurore. Comme c'était beau ! Le ciel... un côté rouge...., un côté sombre, un air frais à ravir...., et beaucoup d'oiseaux qui faisaient leur prière du matin. — Mais c'est un ridicule que vous vous êtes donné là. — Ah, Madame ! comme vous avez les pieds humides ! Que dire au Docteur ? il vous abandonnera. — Aussi c'est d'une imprudence....

CELIMENE.

Il faut sur tout ceci le plus grand secret.

JULIE.

Sur quoi ? sur l'aurore ?

CELIMENE.

Vous déraisonnez.

JULIE.

Je ne sais que ce que les oiseaux ont dit. Je vous promets que je ne le répéterai pas....

CELIMENE.

Mais ce que je te dirai ?

JULIE.

Oh ! pour cela !

CELIMENE.

Oui, quelquefois tu sais te taire.

JULIE.

Quelquefois !.....

CELIMENE.

C'est déjà beaucoup. D'ailleurs je ne suis pas exigeante. Continue à jaser quand je dois n'en rien savoir, et à te taire quand le secret t'intéresse toi-même ; tu seras une femme discrète.

JULIE.

Qui est-ce qui a pris la peine de vous instruire ainsi sur mon compte ?

CELIMENE.

C'est donc à peu près cela. — Mais ne perdons pas des heures précieuses. Il me faut du zèle, de l'adresse.

JULIE.

Comptez sur le zèle ; et pour l'adresse...

CELIMENE.

Je compte sur tous deux. Ecoute : et fais aujourd'hui tes preuves. Tu connais le maître de cette maison ?

JULIE.

Valombré ! Oui et non : car chacun le peint à sa manière ; quelques-uns comme un homme de bien, d'autres comme un homme assez étrange, un homme à part, un homme qui n'est pas tout à fait de ce monde, et qu'on en devrait chasser ; car enfin il manque aux lois, il n'est pas comme les autres.

CELIMENE.

On ne saurait lui refuser des qualités.

JULIE.

Et des ridicules.

CELIMENE.

Même des vertus.

JULIE.

Des bisarreries.

CELIMENE.

On parle beaucoup de lui.

JULIE.

Ah! c'est vrai cela; mais comme d'un original.

CELIMENE.

Enfin l'on vante ses mœurs, sa droiture, peut-être....

JULIE

Sa rudesse. C'est un homme qui a l'impertinence de n'être pas subjugué par les femmes. Deux l'avaient tenté; elles ont échoué. Toutes se sont mises sur les rangs par dépit: il y allait de l'honneur; et tout cela n'a fait d'honneur qu'à Valombré. La confusion est générale: il y en a de furieuses, elles se sont compromises.

CELIMENE.

Précisément. Il faut le vaincre; il faut les venger: je veux mettre un terme à ce triomphe inutile.

JULIE.

Grand dessein! et de plus, voilà le style des grandes choses: mais....

CELIMENE.

Pourquoi?...

JULIE.

Sérieusement?

CELIMENE.

Sans doute.

JULIE.

Permettriez-vous?

CELIMENE.

Parle.

JULIE.

Je doute du succès.

CELIMENE.

On se lasse d'être sévere contre soi-même.

JULIE.

La sagesse succombe ; bon : mais les prétentions ?... La vanité reste, quand la raison s'en va. Le plus sage, on prétend que c'est celui qui travaille le mieux sa folie. Madame, vous échouerez.

CELIMENE.

Il ne s'agit pas de délibérer ; c'est un parti pris : il faut réussir.

JULIE.

Il faudrait réussir.

CELIMENE.

Vous êtes déjà découragée ?

JULIE.

Non, en vérité. Si l'on n'entreprenait rien que de raisonnable, que ferait-on du temps ? — Vous ne réussirez point. — Parlez : je suis prête à vous servir. Agissons ; après cela nous réfléchirons.

CELIMENE.

Je rends plus de justice à Valombré. Je l'estime ; et ses travers même ont quelque chose que... je n'approuve point ; mais que je.... n'oserais condamner. Rien en lui, je l'avoue, ne me paraît odieux ou repoussant. — D'ailleurs, je veux réussir ; et quelque heureuse que je trouve mon indépendance, outre qu'elle ne peut durer toujours, il faut tout sacrifier au succès. Si ma main, pour l'enchaîner, est réduite à se donner.....

JULIE.

L'excellent moyen d'assurer la chaîne que de s'y attacher soi-même !

CELIMENE.

Que veux-tu, s'il n'en est pas d'autre ?

JULIE.

Je ne vous croyais pas une volonté si ferme. Jusqu'à ce jour, force projets abandonnés aussitôt que conçus : mais aujourd'hui des résolutions! une persévérance! — Grand changement! Mais ne serait-ce pas encore le plaisir de la nouveauté qui vous rendrait pour quelques jours invariable? Ainsi, dans un effort de constance, vous seriez légère en effet, et vous ne tiendriez avec force à votre plan que pour n'en avoir absolument aucun. — Mais, Madame, qu'est devenue cette aimable indolence, cet art de vouloir et de ne vouloir pas, de s'occuper de ce qu'on ne fera point, de passer les jours sans les sentir, de s'amuser trop pour savoir que l'on s'ennuie.

CELIMENE.

Tu perds le temps en vains discours: instruis-moi plutôt de ce qui se passe ici. Quelqu'un a-t-il sa confiance? ne pourrais-tu rien apprendre? tant de choses que j'aurais besoin de savoir! Informes-toi.

JULIE.

Il est trop aimé. Je n'ose interroger les gens de la maison: le plus léger soupçon pourrait tout ruiner. — Un seul cependant.... Je saurai quelque chose, mais cela ne suffira pas.

CELIMENE.

Mais du moins Dorville; j'ai sa parole. Il faut seulement l'instruire du moment que j'ai choisi, et concerter avec lui.

JULIE.

Pour Monsieur Dorville, vous n'en devez rien craindre. En tout opposé à son frère, de sentimens, de goûts, d'opinions... On veut pourtant qu'ils s'aiment. Le plaisir de contredire! Il y a quelquefois de la sympathie dans l'antipathie: on se rapproche d'autant plus que l'on est moins d'accord; et souvent j'ai vu....

CELIMENE.

Va, sous quelque prétexte, trouver Dorville; et tu lui diras que la fête que donne Valombré rendant ces lieux ouverts à tous et à toute heure, j'ai choisi ce jour. Qu'il prépare son frère à l'entretien que je veux avoir, qu'il le sonde, qu'il dispose tout, et m'apprenne ce que je puis m'en promettre. — Je reste dans cet endroit retiré du jardin : à cette heure, personne ne viendra, je pense. Tu ne tarderas pas sur-tout.

JULIE.

Je reviens aussitôt.

SCÈNE II.

CELIMENE *seule.*

CELIMENE.

S'ILS m'avaient entraînée dans une fausse démarche? car enfin Valombré prudent, assez indifférent, et se piquant sans doute de se soustraire à des lois qu'il n'a pas encore subies.... — Dorville a toute la confiance d'un homme aimable. Parce qu'il sait plaire, il se flatte de réussir à tout. Il n'a jamais rien craint, si ce n'est le ridicule. Fait pour la société, formé dans les cercles, docile à l'usage, instruit sans étude, trop spirituel pour être conséquent, trop sensé pour avoir des principes; fixé à notre char, il l'entraîne à son gré; il paraît nous être des plus soumis; mais j'ai bien peur qu'au fait, ce ne soit lui qui nous conduise. Son art pour mieux persuader, c'est d'engager à ce que l'on desire. Il m'a décidée sans peine : déjà je....

SCÈNE III.

CELIMENE, DORIMOND *s'approchant en chasseur.*

DORIMOND.

VOUS ici! — D'honneur je ne m'attendais pas... — J'aime la chasse par goût pour les hasards, les rencontres; mais jamais rien de si heureux.... — Je suis sur pied dès le matin : le gibier a ses jours; nous sommes quatre, et nous n'avons pu trouver une pièce. — J'avais pris seul de ce côté. Par humeur j'entre dans le parc le voyant ouvert : la fortune rit des surprises qu'elle nous ménage. — Mais pourrait-on savoir?.... Il ne faut pas s'informer?...

CELIMENE.

Des circonstances particulières, que vous saurez.

DORIMOND.

On pourrait conjecturer : mais je suis discret... Il me souvient.... Non, non, je ne veux rien savoir.

CELIMENE.

Comment ?

DORIMOND.

Le souper chez Lucile... J'ai deviné, avouez-le. Oh ! j'aime le mystérieux. Mais je serai du dîner, je m'y invite : et s'il vous fallait quelque appui, vous me verriez des premiers, aimable Celimene !

SCENE IV.

LES PRÉCÉDENS ET UNE TROUPE DE PAYSANS.

(*Les paysans passent sans voir Celimene et Dorimond; ils se dirigent vers la maison en conversant ou chantant confusément. Derrière eux, mais à leur suite, sont Germond le fermier, et sa Sœur qui s'arrêtent un moment.*)

GERMOND.

OH ! Monseur Valombré, c'est ben le plus brave homme ! Il y a quatre ans qu'à pareil jour, comme j'étais venu avec tout le village, et que je voulais lui parler, et que je me tenais dernier lui, parce que, vois-tu, j'étais ben embarrassé comment ce que je lui parlerais : lui qui est bon là, il a ben vu que j'avais quelque chose à lui demander. Il arrive à moi ; et puis comme je lui disais : ah ! c'est, monseur, que j'avais une grace, je vous fais excuse de vous opportuner ; mais c'est que je suis si malheureux. Et, mon ami, qui me dit tout de suite avec un ton pas de protection là, mais de bonté, et ce qu'on est opportun quand on est malheureux. Eh ben ! Sœur, il ne put pas faire ce que je lui demandais, mais il me parla long-temps, il me fit des questions : il me regardait, et puis il me dit, si je voulais être son fermier, qu'il avait une petite ferme : c'est là où ce que t'as vu que je demeure. C'est pas tout : mais velà le plus touchant. Il m'a ajouté, dit-il, puisque je n'avais rien pour commencer, qu'il me fallait garder les premières années, que je commencerais à lui payer les autres quand je pourrais. Et l'an dernier que j'ai été lui porter de l'argent, il ne voulait pas le prendre, il disait que j'étais pas encore en état.

SA SOEUR.

Si tous les riches étaient comme çà.

GERMOND.

Ah ben oui! ils ne lui ressemblent guères ma foi. Ils sont exigeans! moins ils ont besoin et plus ils pretendre avoir affaire d'argent. Notre pauvre cousin, comme il a été tourmenté, malgré cette sécheresse; son propriétaire c'est un homme si dur!

SA SOEUR.

C'est qu'il est trop riche aussi. (*Ils s'éloignent.*)

SCÈNE V.

CELIMENE, DORIMOND.

CELIMENE.

VOICI une anecdote curieuse du moins par sa nouveauté; un bienfait qui n'a pas trouvé d'ingrats, quoi qu'on en dise.

DORIMOND.

Chez ces bonnes gens..... L'innocence du village! — Il est d'autres faveurs dont on sait toujours gré. C'est à la beauté qu'il appartient de ne point faire d'ingrats, en se réservant assez injustement le privilége d'être ingrate elle-même.

CELIMENE.

Elle en trouve tous les jours: adorée lorsqu'elle est sévère, oubliée dès qu'elle est sensible. Dorimond, dans ces mutuels reproches, les deux sexes ont toujours raison, parce que tous deux ont de nombreux torts. Sans ces torts, une tendresse uniforme ôterait le plaisir de la variété.... Convenez que ce changement vous nuirait beaucoup.

DORIMOND.

Non, je vous jure. Et quoi que vous en puissiez croire, je ne changerais jamais si j'osais espérer.

(*Il est presque à ses genoux, et ces derniers mots sont du ton le plus passionné*).

CELIMENE.

Mais, Dorimond.

(On entend un coup de fusil. Dorimond se relève étourdiment, prend son fusil et quitte Celimene avec assez d'indifférence.)

DORIMOND.

C'est eux : ils m'appellent. — Pardon, belle Celimene.

SCÈNE VI.

CELIMENE *seule.*

CELIMENE.

Il y a loin d'un amour semblable aux passions des amans *imprimés.* Tout passe de mode. Un Saint-Preux aujourd'hui serait fort plaisant : mais chez nos aïeux !.. D'ailleurs tout cela n'est guères vraisemblable. (*Rêveuse*) Cependant une passion profonde occuperait le cœur toujours vide sans elle.... Oui ; c'était fort bon alors.

(Julie paraît.)

SCENE VII.

CELIMENE, JULIE.

CELIMENE.

Eh bien ! que se passe-t-il ? qu'as-tu fait ? Valombré ? Tu as vu Dorville ? Il a promis sans doute ? Tout est secret sur-tout ?

JULIE.

Doucement, Madame, doucement. Je ne puis suffire à tant de questions à la fois, n'ayant qu'une langue dont je tâche de faire un bon usage, mais qui ne répond pas à mon zèle. (*Avec lenteur*) Voudriez-vous me dire à laquelle de vos questions je dois satisfaire d'abord ?

CELIMENE.

Il n'importe.

JULIE.

Vous m'avez toujours recommandé l'ordre. En mêlant *in-*

distinctement ce que l'on doit dire, on parle *confusément*, et l'on ne satisfait qu'*imparfaitement* ceux qu'il faudrait instruire *clairement*. Pour moi, quand on me charge.....

CELIMENE.

Et vous croyez que je suis d'humeur à m'amuser de ce bavardage déplacé ?

JULIE.

Ordonnez. Que faut-il dire ?

CELIMENE.

Ce que tu as appris.

JULIE.

Si je n'ai rien appris.

CELIMENE.

Qu'as-tu fait ?

JULIE.

J'ai vu Monsieur Dorville.

CELIMENE.

Eh bien !

JULIE.

Voici comment. Je m'avisai d'un prétexte... Oh! fort bon ; vous en allez juger. D'abord...

CELIMENE.

D'abord.. je t'en dispense.

JULIE.

Il faudrait pourtant que vous sachiez...

CELIMENE.

Et je ne veux rien savoir.

JULIE.

En ce cas je n'ai plus rien à dire.

CELIMENE.

En vérité, Julie, vous m'excédez. — Que se passe-t-il chez Valombré ? que vous a dit Dorville ? Au fait.

JULIE.

Voici le fait. — Monsieur Dorville est assez surpris, m'a-t-il dit, que vous ayez persisté dans un dessein qu'il croyait abandonné.. — Car il nous connaît bien, Monsieur

Dorville. — Enfin, il a promis de vous seconder de son mieux. Il disposera l'esprit de son frère, il verra à détruire certaines impressions qui pourraient avoir quelque chose de défavorable.

CELIMENE.

Qu'est-ce que vous voulez dire ?

JULIE.

D'après les préventions de Monsieur de Valombré.... Par fois il... il en a d'originales. Mais vous, ensuite.

CELIMENE.

C'est tout ce que je lui demande : le reste est mon affaire. D'abord combattant ses idées, puis vaincue, persuadée, en secret flattant l'orgeuil philosophique .... — Continue ; n'as-tu rien appris sur Valombré ?

JULIE.

En pouvez-vous douter. Jaser du maître, n'est-ce pas en toute maison l'occupation la plus chère de ses fidèles serviteurs ? On est toujours bien venu quand on interroge ainsi. Les secrets, les défauts, les travers, ample matière à discourir. Médire n'est rien ; médire de Monsieur, voilà le vrai plaisir.—Ainsi l'a voulu Dame-nature, pour maintenir l'égalité : ils nous commandent, et nous les jugeons. — Si nous ne sommes pas considérés, nous nous faisons craindre.—Je parle en général ; car, pour moi, Madame....

CELIMENE.

Ah ! passons là-dessus ; il y aurait.... ce serait trop long à dire.

JULIE.

Vous n'êtes pas équitable. — Maison singulière. — Monsieur de Valombré aimé, mais aimé ! Enfin j'eus peine à faire parler quelqu'un sur qui je comptais. Nouvellement entré, il n'a pas encore toute cette affection... Cependant, funeste ascendant de l'exemple ! il craignait, il n'osait. Mais certaines raisons qui peut-être.... je le connais beaucoup... bref, il a parlé. — C'est un éloge, une satyre, comme vous voudrez. Des singularités, de la *raison*.. avec tout cela quelque chose qui plaît, qui subjugue. Et s'il fallait absolument n'être pas comme tout le monde, je crois que c'est ainsi qu'il faudrait être. — Partout, chez lui, une gaîté simple, un air heureux. Beaucoup d'occupations, point de travaux pénibles : tout est facile et tous sont laborieux. Un ordre, une règle qui ne plairaient pas infiniment, toujours la même chose, et toujours les mêmes heures.. On s'y lève... quand nous nous couchons : c'est, dit-on, la plus belle heure du jour; aussi c'est par elle que nous commençons la nuit. — Mon *confident* prétend que cet ordre n'est pas minutieux, et que cela écarte l'ennui. Une table simple, excepté....

CELIMENE.

Et Valombré ?

JULIE.

A propos.. Caractère égal, très-aimant, quelquefois distrait, souvent triste, jamais abattu. Sans haine, comme sans humeur. Généreux, sans affectation ; négligeant un peu ses intérêts ; trop occupé de ses *amis* ; c'est comme cela qu'il lui plaît de nommer les bonnes gens qui ne sont pas heureux. Du reste il ne voit personne qu'un monsieur Desprès : il court avec lui les hauteurs, cherchant, observant les plantes : c'est un goût dominant. — Mais sa grande habitude c'est de s'enfermer long-temps dans son cabinet : là, seul avec tous les rêveurs anciens et modernes, il écrit, il projette. Dieu sait ! tous les châteaux en Espagne ! Mais, sorti de là, laissant la science sous la clef, il parle comme un autre... Quel contre-temps ! Voici Monsieur Dorville ; et je n'ai presque rien dit.

SCÈNE VIII.

DORVILLE, CELIMENE, JULIE.

DORVILLE.

JE saisis, Madame, le premier instant où je puis vous joindre sans être apperçu. Il ne faut pas qu'aujourd'hui l'on nous voie seuls ensemble. Soyons prudens comme il appartient à des conspirateurs.

CELIMENE.

Et gardons-nous l'inviolable fidélité des conjurés.

DORVILLE.

Vous répondrai-je de moi ? Si je trahis avec vous aujourd'hui, demain je puis vous trahir vous-même. — Rien ne vous arrête. — Le prix est pour vous dans le succès ; mais moi je n'ai rien à gagner, je me sens déjà des remords.

CELIMENE.

J'avais votre parole.

DORVILLE.

Un mot inconsidérément lâché dans un souper ! En vérité, voilà un engagement bien inviolable ! J'avais de l'humeur alors ; mais bien que j'en veuille encore à Valombré, je ne le hais pas au fond. J'obtenais la main de Lucile, Valombré s'y oppose : ses raisons pouvaient être bonnes, bonnes !.... On le sait bien. Mais il me força de rougir de moi ; je jurai de mettre en défaut son austère raison. Je ne puis souffrir qu'on fasse toujours le mieux et jamais le plus agréable ; quelle manie ! c'est incommode. — Cependant, voici plusieurs mois écoulés, le ressentiment parle moins haut.

CELIMENE.

Et pour lui épargner ce qu'il vous plaît de trouver un malheur, c'est moi que vous trompez.

DORVILLE.

Je vous préviens au contraire.

CELIMENE.

Il fallait le faire avant que je me rendisse ici, avant que tout fût disposé. — Ces scrupules ont bien en vous quelque droit de m'étonner.

DORVILLE.

Voyez, je vous prie, que ce projet me coûte doublement. — Répondre ainsi à l'amitié de Valombré, c'est une fausseté que rien n'excuse, puisque je n'ai pas de but. — Et le voir vous posséder ! il ne m'est pas possible d'y donner les mains.

CELIMENE.

Il faut donc ne plus nous voir.

DORVILLE.

Ne plus nous voir !.. Si votre cœur a prononcé cet arrêt, il faudra bien ne plus nous voir. — D'ailleurs, tout l'annonce, vous allez changer votre manière de vivre. Dans une morne solitude, occupée de sagesse... et de souvenirs, vous allez fuir cette société dont les hommages vous attestaient assez que vous en étiez à tous les yeux le plus bel ornement. — Nous allons beaucoup perdre ; et peut-être vous aussi... Le regret....

CELIMENE.

Et qui vous dit que je ne regretterai rien ? — Vous-même avez vous l'injustice de croire... ? Je ne sais pas sitôt oublier...

DORVILLE.

Madame !

CELIMENE.

Vous le voulez.

DORVILLE.

Moi ?

CELIMENE.

Vous-même.

DORVILLE.

Moi ! dont le seul bonheur serait de vous posséder !

CELIMENE.

Vous n'êtes pas sincère.

DORVILLE.

Pouvez-vous douter ?

CELIMENE.

J'attends un léger service ; et je ne puis l'obtenir de ce cœur tout à moi !

DORVILLE.

Ordonnez.

CELIMENE.

Je ne veux rien devoir à la contrainte.

DORVILLE.

Ah ! ne savez-vous pas combien il me serait doux de vous obéir !

CELIMENE.

Vous avez des *remords*.

DORVILLE.

Parce que je n'ai pas d'espérance.

CELIMENE.

Que voulez-vous de moi ?

DORVILLE.

Cent fois je vous l'ai dit. Vous obtenir est mon vœu le plus cher. — Si, satisfaite de prendre sur Valombré l'ascendant qui suffirait à votre dessein, vous réserviez votre main pour des liens qui ne vous enchaîneraient pas à d'obscurs ennuis....

CELIMENE.

Vous me serviriez alors ?

DORVILLE.

De tout mon pouvoir.

CELIMENE.

Vos offres sont désintéressées.

DORVILLE.

Dépend-il de moi de ne pas vous aimer pour la vie ?

CELIMENE.

Il y a quinze jours, vous n'y songiez pas.

DORVILLE.

Jamais d'autres sentimens ne pourront...

CELIMENE.

Eh ! vous l'ignorez vous-même. — Enfin vous tiendrez votre parole ?

DORVILLE.

Je m'y engage de nouveau. — Mais vous, adorable Celimene ! vous... n'en donnez aucune ?

CELIMENE.

Vous voulez que le prix précède les efforts qu'il doit couronner. Allez.. et vous en remettez à moi. (*A Julie*) Entrons.

(*Celimene et Julie vont vers la maison*).

SCENE IX.

DORVILLE *seul.*

DORVILLE.

HEUREUX artifice !.. Mais ne lui laissons plus de prétexte. — Il m'en coûte de tromper Valombré.. Elle avait ma parole, comment reculer ? Après tout, l'avantage est plus grand pour moi, que le mal pour lui : la balance penche évidemment. Je choisis le mieux : ce n'est pas blâmable. — Que de jaloux je vais faire, car, graces au ciel, mes rivaux sont nombreux ; et graces à Celimene, pas un qui désespère. — Et une fortune dont la mienne, qui se dérange assez, ne pouvait être plus à propos étayée. — Tout est résolu. Evitons seulement que Valombré me sache dans le secret. Il s'en vengerait à sa manière : mais moi, je n'aime pas qu'on me pardonne si facilement. — Point de droit d'aînesse. D'ailleurs c'est pour son bien que je veux combattre ce qu'il y a d'exagéré dans ses principes : quand ils seront moins austères, ce sera un homme accompli.

(*Il rentre*).

ACTE II.

SCÈNE PREMIÈRE.

VALOMBRÉ, DORVILLE.

DORVILLE.

JE vous le répète, Monsieur ; aujourd'hui du moins, aujourd'hui que tant d'étrangers se rendent ici, vous auriez dû renoncer à votre systême particulier, donner des ordres différens, et changer tout à fait ce que vos habitudes peuvent avoir d'étrange.

VALOMBRÉ.

Non, mon frère.

DORVILLE.

Pour vingt-quatre heures, l'effort est-il si pénible ?

VALOMBRÉ.

N'ai-je pas eu la condescendance que vous desiriez sur les choses qui au fond peuvent n'être pas importantes ? Mais l'essentiel est invariable, vous le savez.

DORVILLE.

Il eût été plus à propos...

VALOMBRÉ.

A propos de sortir de son caractère, de faire par complaisance, par faiblesse, ce que l'on condamne par raison ?

DORVILLE.

Enfin, vous avez résolu de braver le blâme général ?

VALOMBRÉ.

C'est un devoir quand le blâme s'attache au bien même.

DORVILLE.

Un devoir ! — Voilà un grand mot, et ce n'est qu'un mot.

VALOMBRÉ.

Que dites-vous donc ?

DORVILLE.

Ma foi ce que nous pensons tous. Les devoirs règlent la morale de nos livres : celle de la vie doit s'arranger un peu selon nos desirs : le monde n'en va pas moins ; et la première loi, ne voit-on pas que c'est l'usage ?

VALOMBRÉ.

Mais, Dorville, y songez-vous bien ?

DORVILLE.

Et vous, y songez-vous, en voulant faire de nous des... sages ?

VALOMBRÉ.

Non, non assurément, je ne vous parle pas de sagesse. Mais un peu de raison ; à moins que ce ne soit trop demander.

DORVILLE.

De la raison ! voilà encore de vos vieux mots. De la

raison ? Il faudrait ramper sur la trace monotone autant que pénible de soins réglés, de travaux utiles, de devoirs prescrits ? Eterniser ses heures ? — L'art de la vie, c'est d'en faire un cercle aimable de ces plaisirs rapides, de ces riens essentiels qui dissipent, en les allégeant, nos jours oubliés. Ainsi, point de regrets pour le temps qui s'éloigne ; on.. l'ignore.

VALOMBRÉ.

L'avenir, la vieillesse, vous l'ignorez aussi.

DORVILLE.

C'est fort loin cela ; faites attention.

VALOMBRÉ.

La science de la vie, c'est donc de l'abandonner au hasard : perdre ses années, c'est savoir en user : effleurer, c'est jouir ! les devoirs sont vains, toute morale est surannée ! — La seule sagesse avouée parmi vous, c'est la séduction d'un délire auquel vous livrez votre être.

DORVILLE.

Je vous le dis sérieusement. Si les plaisirs sont des illusions, eh bien ! je veux des illusions. J'aime les chemins de roses : les épines, c'est pour un autre âge. Votre raison me glace le cœur : la voix du plaisir l'anime, l'enflamme ; sous son aîle, légère tant que vous voudrez, je parcours des heures heureuses. Je n'ai pas besoin de regarder en arrière quand un long espace s'ouvre encore devant moi. — Vous rêvez, j'agis : vous travaillez, je m'amuse : vous végétez, je vis. Lequel, je vous prie, sait user de ses jours ? J'aime trop la vie pour la consumer en vain.

VALOMBRÉ.

Je vois que vous ne la connaissez guères.

DORVILLE.

Vous devriez l'aimer aussi. Un admirateur de la nature ! soyez plus conséquent. Où sera cet ordre, cette harmonie ? La vie ne serait pas un bien ?

VALOMBRÉ.

Les hommes ne l'ont pas voulu.

DORVILLE.

Erreur d'un esprit chagrin !

(L'arrivée de Picard interrompt Valombré , et surtout Dorville qui mettait bien plus d'intérêt à la discussion.)

SCÈNE II.

VALOMBRÉ, DORVILLE, PICARD.

DORVILLE.

QUE nous veut-il ? laissez-nous.

PICARD *à Valombré , lequel semble blâmer le ton repoussant de son frère.*

Monsieur ! ce bon vieillard, vous savez , ce bon père ; attendez , le vieux André. Il est venu pour vous supplier de parler pour lui à ce M. Ferval, à qui il doit, et qui ne veut pas attendre : mais il ne peut pas avant la moisson, il ne peut pas absolument. Ce monsieur Ferval vient à midi; moi, je lui ai dit qu'aujourd'hui... pas possible.

VALOMBRÉ.

Pourquoi ne serait-ce pas possible.

PICARD.

Aujourd'hui! tout ce monde, tout ce mouvement; est-ce que vous pouvez sortir, ma foi ? Vous avez ben d'autres affaires.

DORVILLE.

Non, certainement. Il est déjà tard. (*à Picard*) Allez, mon ami , vous avez bien fait.

VALOMBRÉ *à Picard qui sortait.*

Ecoutez, dites-lui que j'y serai à midi, qu'il compte sur moi. Il m'a fait plaisir en m'avertissant. (*Picard sort.*)

SCÈNE III.

VALOMBRÉ, DORVILLE.

DORVILLE.

Y pensez-vous ?

VALOMBRÉ.

Si je n'y avais pas pensé, j'aurais répondu comme vous.

DORVILLE.

Vous vous devez aujourd'hui à la société ?

VALOMBRÉ.

Et davantage aux malheureux.

DORVILLE.

Maxime fort belle ! Qui vous le nie ? Je l'aime beaucoup... dans le discours. Mais gardons-nous de mettre en usage tous ces préceptes. Il faudrait tout changer.

VALOMBRÉ.

Ce ne serait pas beaucoup perdre.

DORVILLE.

Je m'en tiens à ce qui est, sans rechercher ce qui pourrait être, et ne sera point. Je n'irai pas, de mon autorité privée, me constituer le réformateur du genre humain. Nous avons beaucoup de philosophes qui....

VALOMBRÉ.

Beaucoup ! je croyais qu'il en était fort peu.

DORVILLE.

Plût au ciel ! je crains les progrès de cette sophimanie. Il ferait beau nous voir assez fous pour vouloir tous être des sages, nous endormir sous le triste joug ? rêver que nous sommes... Et bien, dites-moi, qu'arriverait-il ?

VALOMBRÉ.

Que vous ne le seriez point en effet.

DORVILLE.

Oh ! si fait parbleu. Tout personnage est facile à jouer, et celui-là comme un autre, a ses grimaces. Au fond, tout est représentation. Le vrai théâtre n'est pas celui où nous allons rire un quart-d'heure ; mais celui où nous vivons, où nous avons la folie de ne pas rire sans cesse : et c'est la vie qui est la copie d'une bonne scène comique. Nous sommes tous des acteurs plus ou moins adroits, le personnage vrai n'est qu'imaginaire. Eh bien ! moi aussi je suis acteur; je suis philosophe. — D'abord, comme le grand secret c'est de n'être pas comme les autres, je veux, frondant tout ce qui est établi, prendre en Suisse l'habit arménien, près Paris je bâtirai à l'helvétique. Tout cela est plus commode, parce que ce n'est pas d'usage. J'écarterai de ma table tout ce qui a eu vie ; et quant au miel de Platon, les siècles l'ont rendu vénérable, et je l'aime beaucoup, ainsi que les figues.

VALOMBRÉ.

Je dois vous avertir que vous quittez votre sujet. Vous parlez de philosophes, je n'ai jamais pris ce titre. C'est moi que vous vouliez combattre ; ou si c'est d'eux que vous parlez, point d'application à moi.

DORVILLE.

Ah! pardon. — Je vous dis que me voilà philosophe. Je n'affirme rien : il faut une raison profonde pour tout ignorer. Je dis de tout : mais... que sais-je ! les lumières nous manquent. N'embrassant aucune opinion, je me ménage pour le besoin des droits sur toutes : si je n'aspire point à convaincre, j'aurai du moins le plaisir d'embarrasser. Dans ma conduite, mes écrits, mes discours, je serai inexplicable; et l'on dira : Qu'il est profond ! — Je ferai du bien, c'est un point important, un argent bien placé; à tout prendre, c'est des réputations, la moins coûteuse. S'il vient une occasion d'éclat, ma vertu fastueuse sera modelée sur les antiques. — Peu fait pour la société, j'en dédaignerai les attraits qui se refuseront à moi, et l'on me tiendra compte de ma retraite prudente comme d'un effort de vertu. Ma vie simple n'exigera pas de grands biens, ma paresse m'interdira les moyens d'en acquérir : on vantera mon désintéressement. — Ma vie obscure, embrassée par adresse ou par incapacité, sera la retraite d'un sage méprisant le néant des richesses et des grandeurs. Un tempérament paisible, où les dehors d'une réserve hypocrite me feront passer pour avoir des mœurs sévères. Quelques sorties véhémentes contre les vices et les travers, et je suis un enthousiaste de la nature, un adorateur de la vertu. Me voilà philosophe.

VALOMBRÉ.

Nullement. Il y a loin de l'affectation des vertus à leur inimitable vérité. Le faste d'une sagesse étudiée ne ressemblera jamais à la sincérité de l'homme qui soumet ses pensées à la raison, ses actions au devoir. Trop sensé pour tout approuver, et trop conséquent pour imiter ce qu'il condamne, si le sage s'écarte des usages reçus, c'est à regret; s'il en adopte d'inconnus aux lieux qu'il habite, c'est parce qu'ils sont bons, et non parce qu'ils sont nouveaux. Ses vertus ne sont point antiques : il serait trop désespérant qu'une grande ame parût étrangère à nos contrées, et qu'une nation rivale du plus puissant des peuples anciens crût n'avoir à imiter que la terreur de ses armes.....

DORVILLE *voyant s'approcher Després.*

Tenez, voici monsieur Després qui vient vous entendre. — La fade bonhomie de cet ennuyeux bourgeois....

VALOMBRÉ.

C'est un homme bon, mais ce n'est point un bon homme; et la franchise de ses mœurs est respectable. Je vous prie de l'excuser s'il diffère de vous; ce travers est quelquefois pardonnable.

DORVILLE.

Je vous laisse en jouir.

(*Il sort du côté opposé.*)

SCÈNE IV.

VALOMBRÉ, PICARD.

PICARD.

MONSIEUR Desprès me suit : il a voulu vous voir en arrivant.

VALOMBRÉ.

Personne autre jusqu'à présent.

PICARD.

Oh ! déjà dix personnes. Madame Celimene, madame.. que sais-je moi ?..... On fait cercle.

VALOMBRÉ.

Il suffit.

(*Picard se retire.*)

SCÈNE V.

VALOMBRÉ, DESPRÉS.

VALOMBRÉ.

VOUS êtes seul ?

DESPRÉS.

J'ai laissé ma fille avec la *compagnie*. — Heureuse nouvelle, mon ami, vous êtes nommé.

VALOMBRÉ.

Moi ?

DESPRÉS.

Oui, vous. Vous voilà. Vous avez la sous-préfecture.

VALOMBRÉ.

Et vous appellez cela une heureuse nouvelle.

DESPRÉS.

Pour nous du moins. Mais vous, vous allez regretter votre tranquillité.

VALOMBRÉ.

Ce n'est pas tout encore.

DESPRÉS.

Mais voilà un moyen de faire beaucoup de bien.

VALOMBRÉ.

Et du mal peut-être.

DESPRÉS.

On n'attend de vous que de l'équité.

VALOMBRÉ.

Craignez aussi des erreurs.

DESPRÉS.

Ne pensez qu'à ce témoignage de l'estime universelle.

VALOMBRÉ.

On me haïra peut-être quand j'aurai quelque pouvoir.

DESPRÉS.

L'on ne change pas ainsi.

VALOMBRÉ.

Qu'y a-t-il de constant dans la vie? les haines, les jalousies vont s'éveiller. — J'étais paisible.

DESPRÉS.

Vous voyez des orages dans le plus beau jour. Je n'aime pas cette triste prévoyance.

VALOMBRÉ.

Ni moi non plus, mais elle est si souvent justifiée.

SCÈNE VI.

VALOMBRÉ, DESPRÉS, PAYSANS *des environs venant complimenter Valombré. Germond à leur tête porte la parole. Valombré va à eux.*

GERMOND, *posture et ton harangueur, quoique simple.*

Nous venons tous d'un même cœur, et d'un même sentiment, (*Entendant Picard, il regarde et reprend*) et d'un même sentiment, pour vous témoigner notre félicitation...

SCÈNE VII.

LES PRÉCÉDENS, PICARD.

PICARD.

MONSIEUR ! Monsieur !

VALOMBRÉ.

Qu'est-ce ? pourquoi s'échauffer comme cela ? il ne fallait pas tant courir.

PICARD.

Il faut vous en aller : il n'y a pas de temps à perdre. Ah ! Monsieur !

DESPRÉS.

Expliquez-vous.

PICARD.

Monsieur ; des gendarmes ! on vous cherche. — Où est Monsieur Valombré ? où est-il ? — Mais que lui voulez-vous ? Qu'on le déclare, où est-il ? Mais qu'a-t-il donc fait ? Une correspondance, je crois qu'ils disent.

DESPRÉS.

Quelle injustice ! quelle indignité !

VALOMBRÉ.

Que disions-nous à l'instant ?

GERMOND.

Nous répondrons pour vous.

LES PAYSANS.

Oui, tous !

PICARD.

Le meilleur c'est de s'enfuir, Monsieur, et bien vîte.

VALOMBRÉ.

Pourquoi fuir ?

PICARD.

Ils vont vous condamner.

GERMOND.

Nous le défendrons.

VALOMBRÉ *aux Paysans.*

L'intérêt que vous me montrez m'est bien cher. (*à Picard*) Ditez que je vais me rendre.

PICARD.

Comment, Monsieur, vous allez. Vous vous trompez, c'est pas possible.

VALOMBRÉ.

Allez le dire, je vous prie.

DESPRÉS.

Plus de prudence, sortons par ici.

QUELQUES PAYSANS.

Venez chez nous, vous serez bien en sûreté.

VALOMBRÉ.

Je vous exposerais.

LES MÊMES.

Nous serons trop heureux.

GERMOND.

Nous vous conjurons.

DESPRÉS.

En effet, vous vous perdez.

VALOMBRÉ.

Il faut se justifier.

(*Il part. Germond s'efforce inutilement de l'arrêter. Després le suit, ainsi que Picard.*)

SCÈNE VIII.

GERMOND, LES PAYSANS.

UN PAYSAN.

COMMENT cela va-t-il finir ?

UN AUTRE.

Si nous allions le perdre ?

GERMOND.

Il prouvera bien. Au reste, il faut voir ce qui se passe. S'il avait besoin de nous ?

PLUSIEURS.

Il peut y compter. (*Ils vont vers la maison.*)

SCENE IX.

DORVILLE *amené par* JULIE *sans rencontrer ceux qui sortent.*

JULIE.

Eh ! Monsieur, un moment, écoutez-moi.

DORVILLE.

L'on entraîne mon frère, et tu veux que je m'arrête ici.

JULIE.

Ne vous alarmez point. Ma maîtresse le sait, et n'en est point inquiète ; elle s'y attendait même : et quoiqu'elle ne m'en ait voulu rien dire, je la crois pour beaucoup dans cette affaire, et c'est cela qui doit vous rassurer.

DORVILLE.

Et c'est ce qui m'indigne. — Tu peux lui dire que je romps avec elle : je cours défendre Valombré.

JULIE *tranquillement.*

Auparavant, lisez. — Je n'ai pu vous joindre plutôt. J'avais ordre de ne confier à personne ce billet que je crois important.

DORVILLE *à part.*

« Valombré va être arrêté. J'ai seule conduit cela. C'est
» assez vous dire que vous n'en devez rien craindre. Je lui
» fournirai moi-même les moyens de défense ; ils sont in-
» vincibles. N'agissez point : quand il en sera temps, il me
» devra sa liberté. — Il ne pourra se rendre chez André ;
» mais je connais Ferval : j'enverrai payer la somme. —
» Songez à ne pas négliger ce qui vous regarde. »

Puisqu'il en est ainsi, (*à Julie*) dites à Celimene que ceci ne me laisse point d'inquiétude, quoiqu'en me surprenant beaucoup : et que je suivrai ses intentions.

ACTE III.

SCÈNE PREMIÈRE.

CELIMENE *seule.*

CELIMENE.

TOUT m'inquiète : je ne sais que penser. — Ce jour me paraît funeste. La fille de Desprès.... Peut-être ce n'est qu'une imagination. Non : s'il est quelques moyens de gagner Valombré, c'est ceux que j'emploie. Angelique n'a que sa beauté ; faible avantage sur un homme aussi froid. — Et puis, a-t-elle seule de quoi plaire ?... Au contraire, elle va me servir. Je dispose Dorville pour elle : et s'il paraît un seul moment hésiter entr'elle et moi ! — C'est ce que je veux. Sous ce prétexte, je le refuse pour Valombré, sans qu'il ose me faire aucun reproche. — Mais si Valombré : si tous deux... Ai-je assez prévu la honte d'avoir une rivale préférée ? Espérons mieux. Dorville voudrait-il une semblable alliance ?—Il ne naîtra de ceci qu'un prétexte heureux. — Cependant mon inquiétude....

SCÈNE II.

CELIMÈNE, JULIE.

CELIMENE.

QUE viens-tu m'apprendre ? quelque chose de mauvais avec cet air empressé.

JULIE.

Plus de danger, monsieur de Valombré est libre.

CELIMENE.

Libre !... déjà ! et sans..

JULIE.

Il revient de la ville. Une preuve inattendue l'a beaucoup servi. Demain cependant il doit aller se justifier entièrement. Il est libre sur sa parole.

CELIMENE *à part.*

Ce n'est pas à moi qu'il aura dû sa liberté ! Voilà un mauvais succès qui me fait tout craindre.

JULIE

Monsieur Dorville, sous un prétexte concerté avec vous, je pense, vous amenera son frère : ils ne vont pas tarder.

CELIMENE.

Mais, dis-moi, cette Angelique, paraît-elle faire quelqu'attention à Dorville ?

JULIE.

Beaucoup même.

CELIMENE.

Bon !

JULIE.

Elle paraît le mépriser fort.

CELIMENE.

Le mépriser ?

JULIE.

C'est un enfant. Elle le trouve bien aimable, et cela lui déplaît.

CELIMENE.

Comment rompre alors avec Dorville ?

JULIE.

Vous ne l'épouserez point ?

CELIMENE.

Moi ! ne t'ai-je pas dit qu'il faudra sans doute que Valombré....

JULIE.

Soit préféré. Mais je crois que c'est déjà fait. Cependant Madame a promis à Dorville. Comment, Madame, le congédiera-t-elle, après l'avoir bien employé à ses petits desseins ?

CELIMENE.

Je l'ignore moi-même. Je ne m'attendais pas à des instances si pressantes. Il se refusait à tout ; et mes projets étaient trop avancés.... Il a bien fallu le laisser espérer. Je me flattais qu'un incident heureux, que j'avais préparé, me sauverait de ce pas difficile : je lui mettais entre les mains les armes qu'il devait me fournir contre lui-même. (*A part*) Mais cette Angelique...

JULIE.

Que dites-vous ?

CELIMENE.

Rien.

JULIE.

Je n'ai pas compris.

CELIMENE.

Je n'ai rien dit.

JULIE.

J'entends, vous avez parlé à vous, pour ne rien dire aux autres.

CELIMENE *à part.*

Je ne sais trop pourquoi... mais elle me déplaît souverainement.

JULIE.

C'est toujours à vous que vous parlez ?

CELIMENE *vivement.*

Il faudrait que sans perdre de temps...

JULIE.

Les voici.

CELIMENE.

Tu nous laisseras sans t'éloigner.

JULIE.

Bon.

SCÈNE III.

CELIMENE, VALOMBRÉ, DORVILLE, JULIE *s'écartant vers le fond du théâtre.*

CELIMENE *rêveuse.*

Eh bien ! vous voilà libre : je vous en fais mon compliment.

DORVILLE.

Cette affaire a donné des inquiétudes.

VALOMBRÉ.

Je n'avais rien à craindre.

DORVILLE.

Vous oubliez ceux qui expient le crime d'être soupçonnés?

VALOMBRÉ.

Je ne les oublié point. Mais s'ils périssent estimés, et d'eux-mêmes et des gens de bien, sont-ils si malheureux?

DORVILLE.

Du tout. Leur sort est digne d'envie; et nous devons regretter que vous ne soyez point en ce jour, dans un honorable cachot, un innocent opprimé.

VALOMBRÉ.

Le vrai comme le faux prête à la raillerie.

DORVILLE.

D'accord. — Mais, Madame m'excusera. — (*Ceci s'adresse différemment à tous deux*) Je vais pour ce dont nous sommes convenus. — On m'attend. (*Il sort*).

SCÈNE IV.

VALOMBRÉ, CELIMENE, JULIE *dans le fond*.

VALOMBRÉ *à Celimene rêveuse*.

Vous paraissez..... Nous vous aurions dérangée?

CELIMENE. (*Ce personnage toujours étudié, l'est plus visiblement dans cette scène.*)

Nullement.... Mais ce lieu solitaire et romantique inspire en effet la rêverie. J'admire qu'à deux pas de la maison l'on trouve un site aussi sauvage. — Vous aimez la solitude?

VALOMBRÉ.

Elle a ses avantages perdus pour la plupart des hommes, et ses plaisirs qu'ils ignorent très-souvent.

JULIE *qui, voyant qu'on paraissait vouloir s'asseoir, s'était approchée pour donner les chaises vertes et a entendu les derniers mots.)*

Des plaisirs que nous ignorons; mais c'est une injustice... Est-ce que cela ne s'apprend pas aussi? On n'a jamais trop de plaisirs, de nouveaux s'entend.

(Celimene la regardant, elle s'écarte, cueille des fleurs, etc.)

CELIMENE.

J'en voulais faire l'épreuve. Mais je vous avoue que, par habitude apparemment, je me plairais moins seule, je veux dire absolument seule. D'autre côté, tout ce tumulte de la société, cette affluence de personnages nombreux que l'on voit sans les connaître, ou qu'on aime sans les estimer; repas, bals, jeux, fêtes, tout cela me fatigue. — On a cependant des plaisirs variés.

VALOMBRÉ.

Qui sont au fond toujours les mêmes.

CELIMENE.

Et les vôtres?

VALOMBRÉ.

Il y a cette différence que leur paisible uniformité ne déplaît jamais. Vous cherchez, vous exigez la variété, parce que vos amusemens factices et vains ne plaisent qu'autant qu'ils sont nouveaux. Cette variété a son terme: vous n'avez plus à desirer; la vie vous ennuie. Le grand art pour jouir du plaisir qu'on a, c'est de ne pas songer à celui qui nous manque.

CELIMENE.

Il faudrait donc revenir à la *simple nature!*

VALOMBRÉ.

Jusqu'à un certain point. Mais il faudrait pouvoir en sentir les avantages.

CELIMENE.

Croyez qu'on le peut encore, qu'il est des cœurs qui l'entendent, que l'on est souvent entraînée sans être asservie: que l'on peut joindre au goût de la société, d'autres penchans qui lui semblent étrangers. — Un beau site n'est pas muet pour moi, et vos fêtes champêtres.... Vous voyez si je les aime. Lucile donne un bal d'un goût tout nouveau, on voulait m'y entraîner; je m'y suis constamment refusée, j'ai préféré...

VALOMBRÉ.

Vous me surprenez!

CELIMENE.

Je le conçois. Vous me connaissez mal, votre prévention...

VALOMBRÉ.

Nulle prévention contre vous....

CELIMENE.

Mais si..., soyez vrai, — attachée servilement à l'usage, à des goûts frivoles, esclave des plaisirs, incapable de sentimens, légère, coquette, que sais-je? Peut-être m'avez-vous accordé de pouvoir être aimable; mais de l'estime.... oh! vous n'avez cru jamais que je méritasse la vôtre! — Quand nous jugeons les autres, pour être plus réfléchis, croyez-vous que nous soyons toujours infaillibles?

VALOMBRÉ.

J'avouerai sincèrement que, sans oser décider ce que je ne savais pas par moi-même, je pensais...

CELIMENE.

Vous pensiez!.. Voilà l'austère raison, elle condamne sévèrement tout ce qui ne porte pas sa livrée. — Que me reproche-t-on? d'aimer le plaisir: mais en vérité, c'est un reproche...

VALOMBRÉ.

Que l'on vous fait; je ne vous le déguise pas.

CELIMENE.

Qui est-ce qui ne l'aime pas? Avons-nous d'autre désir? Nous vivons pour jouir: vous-même?

VALOMBRÉ.

Il est vrai. C'est un but que tous se proposent; mais l'on y marche par des routes diverses.

CELIMENE.

Oseriez-vous décider quelles sont les meilleures?

VALOMBRÉ.

Je ne prétends pas vous convaincre. Cependant...

CELIMENE.

Cependant ce sont les vôtres qu'il faut préférer. Chacun en dit de même, et nos opinions... souvent ne diffèrent beaucoup qu'en apparence. — Vous aimez la campagne, je l'aime aussi. Vous y vivez; moi, j'habite la ville: les circonstances en ont décidé. Vous voyez peu de monde, votre situation le permet: j'en vois beaucoup, la mienne l'exige. Notre manière de vivre est opposée. Croyez-vous que cela prouve beaucoup? moins que vous ne pensez. Une retraite agréable me plairait aussi: j'y verrais plus d'amis que vous; cela se peut. Nos goûts en cela peuvent être différens, sans être opposés.—Vous aimez peut-être à ne tenir à rien. Un ami herborise avec vous dans les montagnes voisines: du reste, point de famille. — Votre philosophie est célibataire: ce sont apparemment des liaisons trop vulgaires.

Valombré était penseur (ce qui lui est ordinaire), Celimene croyait l'ébranler: elle voit avec peine l'arrivée de Dorville.

SCÈNE V.

LES PRÉCÉDENS, DORVILLE, DESPRÉS, ANGELIQUE.

(*Durant cette scène les regards d'Angelique expriment les divers jugemens qu'elle porte des interlocuteurs.*)

ANGELIQUE *quittant la main de Dorville.*

MONSIEUR, je vous le répète, vos discours, loin de me flatter, me sont à charge.

DESPRÉS.

Ce jour pouvait nous être bien funeste; mais la joie générale a succédé aux alarmes dont nous avait remplis cet événement inattendu. J'avais bien cette confiance qu'une telle injustice ne serait pas consommée.

DORVILLE *ironiquement.*

Les craintes paraissaient fondées : mais Monsieur nous fit observer que sans doute le ciel ne permettrait pas ; — et le ciel n'a pas permis.

DESPRÉS.

Le ciel protège ceux qui sur terre imitent sa bienfaisance. Tout prospère ici ; et sa bonté manifeste, vous en conviendrez avec moi ? ..

DORVILLE *toujours ironiquement.*

Oui, Monsieur... sa bonté... je le pense comme vous.

VALOMBRÉ.

Un ordre universel est établi : suivons-le, et n'ayons pas le ridicule de croire que nos moindres efforts soient aussitôt des droits aux faveurs célestes ; la faiblesse de prétendre que..... les pluies ou les chaleurs, au gré de nos besoins....

CELIMENE.

C'est un suprême ridicule. Je demande le succès d'une entreprise, vous voulez qu'elle manque. Vous êtes davantage, nous sommes plus justes. Est-ce la balance du nombre ou du mérite ? nos vœux sont-ils comptés ou pesés ? Dans les deux cas, il arrivera, non le meilleur, mais ce que nous aurons voulu. Où sera la sagesse ? je vous le demande à vous, Monsieur Després.

DESPRÉS.

Malgré ces difficultés, tant d'exemples attestent...

DORVILLE.

Monsieur a raison, il est arrivé tant de choses miraculeuses, que quoi qu'on en ait.... Vous me persuadez... Non, c'est que... vous avez, là.. cet accent de la vérité : il faut se rendre. — Je suis des vôtres, et je soutiens...

DESPRÉS.

Vous persiflez admirablement. C'est un talent que je n'ai point, et que j'estime peu.

ANGELIQUE.

C'est le dernier sans doute.

DORVILLE.

Vous prenez la chose au tragique. Une plaisanterie dont vraiment vous ne devriez pas vous offenser. Les opinions ne sont-elles pas libres ? — Pour vous plaire, faudra-t-il croire tout ce que vous croyez, tout ce qu'on a dit, imprimé, conté, prêché ? — Je n'ai point cette heureuse facilité. Cette foi infuse ne me fut pas donnée. Vous l'avez reçue ; c'est un titre de plus à la considération que j'ai pour vous.

VALOMBRÉ *les interrompant à dessein d'un air sévère, regardant l'heure, et paraissant avoir l'intention d'emmener Dorville.*

Il est midi. J'ai donné parole. Mesdames, je vous laisse avec Desprès.

(*Mais Celimene se retire ; Dorville lui donne la main, et ils vont avec Valombré vers la maison*).

CELIMENE *à Dorville.*

Le pauvre homme, avec ses idées du bon âge !

SCENE VI.

DESPRÉS, ANGELIQUE.

ANGELIQUE.

QUE je hais ce ton railleur !

DESPRÈS.

Persifler agréablement, c'est un mérite essentiel apparemment, car bien des gens ne cherchent point à en avoir d'autres.

ANGELIQUE.

Mais vous l'avez souffert.

DESPRÈS.

J'excuse Dorville, parce que j'aime son frère. Il faut bien supporter l'un, si je ne veux pas quitter l'autre.

ANGELIQUE.

Le quitter ! Vous auriez grand tort.... Il est bien différent de son frère.

DESPRÉS *regardant Julie et Picard qui s'approchent.*

Ils paraissent vouloir se parler en secret. Poursuivons, nous serons plus libres aussi.

SCÈNE VII.

JULIE, PICARD

PICARD.

NON, Mameselle Julie, moi je suis franc, voyez-vous. Je vous aime bien ! oh ! je vous aime.... trop : mais trahir mon maître !.. j'aimerais mieux...

JULIE.

Qu'est-ce que Monsieur aimerait mieux ?

PICARD.

J'amerais mieux... cela s'entend bien, je crois.

JULIE.

Comment ?

PICARD.

Jamais, d'abord.

JULIE.

Et qui vous prie de le trahir ?

PICARD.

Vous. Oui. Oh ! que je vois bien qu'il y a quelque chose là-dessous. J'ai apperçu Monsieur Dorville : je sais bien qu'il n'aime pas son frère : je l'ai vu qui parlait à votre maîtresse; et elle parlait sérieusement, elle à qui cela n'arrive guère. Elle faisait des mines ! elle avait des yeux ! elle parlait vîte ; elle n'était pas toute comme çà, parci-parlà, comme à son ordinaire : elle pensait à quelque chose.

JULIE.

Puis ?

PICARD.

Mais c'est qu'ils parlaient tout bas. Ils regardaient tout

par-tout s'il n'y avait personne pour les entendre, et moi je les voyais bien. . .

JULIE.

Et tu les entendais ?

PICARD.

Oh ! non : mais ce n'était pas faute d'écouter.

JULIE.

(*A part*) Bon ! (*haut*) D'écouter ! Est-ce que l'on doit écouter ?

PICARD.

Allons donc, vous n'écoutez jamais, vous. . .

JULIE.

Jamais. . . que quand. . .

PICARD.

Moi de même ; que quand j'ai envie d'entendre.

JULIE.

Et qu'avais-tu besoin de savoir ce que disait Madame ?

PICARD.

C'est que je me doutais déjà. . . Quand on recommande le secret, cela fait voir que c'est du mal.

JULIE.

C'est-à-dire que vous me soupçonnez ?

PICARD.

Non : vous n'oseriez ? — Mais je vais parler à Monsieur.

JULIE.

Garde-t-en bien.

PICARD.

Ah ! pourquoi, s'il vous plaît : c'est mon devoir. — Vous avez peur, mameselle Julie ; j'avais raison, vous voyez bien. (*Il part, attend, reste, hésite.*)

JULIE.

Allez donc, allez.

PICARD.

Oui. (*Hésitant*) Eh bien ! j'y vais. . . (*Il veut partir*).

JULIE, *avec négligence.*

Picard ! écoute !. . . Il faut donc te dire ?

PICARD.

Voyons, parlez. Mais vous allez peut-être me tromper aussi?

JULIE, *avec une noblesse affectée.*

Vous lassez ma patience. Ecoutez la vérité. (*Confidentiellement*) On veut terminer la fête par un... Je ne veux pas te dire....

PICARD.

Je sais bien que vous ne voulez pas dire la vérité.

JULIE.

Je ne veux pas te dire précisément : mais c'est une surprise que l'on doit faire à ton maître. Nous sommes venus dès le matin afin de tout préparer. Il fallait quelqu'un dans la maison, quelqu'un qui eût de l'autorité, afin de faire faire les dispositions. Voilà pourquoi Monsieur Dorville... Ah! ton maître sera bien flatté. Mais ne va rien dire à personne; il n'aurait pas le plaisir de la surprise. A personne... songes-y bien.

PICARD.

Je me donnerai bien de garde. C'est là... C'est un feu d'artifice. Un... Mais non, il ne faut pas tout savoir.

JULIE.

Tu verras ce soir; patience.

PICARD.

Ah! je ne suis pas curieux! c'était tant seulement que j'aurais été bien aise de savoir. (*A part*) Oh! que j'allais faire une grande sottise. Non vraiment, je ne dirai rien. (*Haut*) Rentrons: car il y a tant à faire aujourd'hui que je n'ai pu m'échapper qu'un moment. Ma charmante, pardonne-moi si je t'ai cru un peu... seulement un peu.

JULIE *avec dignité.*

Tu te repens, je ne m'en souviens plus.

(*Il sort, elle le suit.*)

SCÈNE VIII.

DORVILLE *laissant sortir Julie avec Picard et les évitant*

DORVILLE.

J'ÉVITE Julie ; je crains de rencontrer sa maîtresse. Je ne sais quelle résolution prendre. Angelique a sur mon cœur un pouvoir plus vrai. Ses graces simples frappent moins d'abord ; mais le sentiment qu'elle inspire a quelque chose de si durable. On sent que ce n'est pas comme ces caprices passagers. — Je laisserais Celimene suivre son premier dessein. Mais le puis-je ? il n'en est plus temps. J'ai pressé : je viens même d'exiger sa parole, au moment où j'aurais voulu qu'elle ne la donnât pas. Quelle fatalité ! quelle faiblesse plutôt ! Cependant je la crois peu sincère. — Je sens que je la trompe moi-même, — Mais de quel œil Angelique doit-elle me voir ? je plaisantais assez durement Desprès : au fond c'est un brave homme. C'est un tort que j'ai eu avec lui. Je le réparerai : c'est son père. — Celimene m'attend ; que lui dire ? Il faut m'y rendre cependant. Dissimulons encore.

ACTE IV.

SCÈNE PREMIÈRE.

ANGELIQUE *seule.* (*Genre de Mlle Lange.*)

ANGELIQUE *assise.*

QUEL temps ! quel beau ciel ! comme tout est calme ! quel moment heureux ! — Il faut que je me rende raison ;.. ce que j'éprouve.... n'est pas ordinaire. — (*Riant de sa naïveté*) Il y a de l'enchantement dans ceci... Il faut bien pourtant... Quel pouvoir invisible, mystérieux, sait inspirer ces voluptés inexprimables ? Ces jardins ont un charme que... je ne comprends pas ; ... la chaleur même semble embellir ces lointains confondus avec les cieux. Le voile vaporeux fait de ces sites aimables une demeure élyscénne. — Quelle liberté ! quel repos solitaire ! Pourquoi ce besoin d'admirer, ce délire d'un sentiment expansif ? — Une région nouvelle s'ouvre à mes affections. — Des joies indicibles... près de moi, ... dans un vague que rien n'explique. — J'interroge. — Je vois une ombre, toujours présente, qui s'éloigne toujours. — Cependant je sens bien qu'il est dans le nouveau, dans l'inconnu des voluptés qui ne sont pas...., non, qui ne sont pas étrangères à mon cœur. — Le calme est plus profond ! les ombrages sombres me paraissent vénérables. Les parfums des fleurs s'exhalent plus délicieux dans les airs plus paisibles. — Une nature plus séduisante et plus majestueuse parle à mon cœur un langage plus aimant.... qu'il sait bien entendre. — Je trouvais à m'écarter, un plaisir !.... Maintenant me voici trop seule. Je voudrais... — Eh bien ! que voudrais-je ? ... Mais c'est qu'aussi c'est inexplicable. (*Avec empressement*) On vient. Si.. (*Voyant que ce n'est que Dubois*) Il vient me déranger.

SCÈNE II.

ANGELIQUE, DUBOIS.

DUBOIS *à Angelique rêveuse.*

Vous vous promenez toute seule ?

ANGELIQUE.

Eh bien ! toute seule.

DUBOIS.

Oui, personne qui vous accompagne ?

ANGELIQUE.

Personne ! je n'ai besoin de personne.

DUBOIS.

Faut-il ? il faut que je me retire.

ANGELIQUE.

Je ne dis pas cela.

DUBOIS.

Vous ne le dites pas, mais je l'entends.

ANGELIQUE.

Reste.

DUBOIS.

Tout de bon ?

ANGELIQUE.

Oui, reste. — (*Irrésolue*) Je vais rentrer... Je voudrais faire le tour de... Tu me suivras..... Non, nous allons voir cette joûte. — Après tout, nous sommes bien ici. — Le soleil est ardent. (*Elle s'assied*).

DUBOIS.

Ah! voilà Madame Celimene.

ANGELIQUE *voulant entendre ou du moins observer Celimene.*

Paix! mais paix donc.

SCÈNE III.

ANGELIQUE, DUBOIS, CELIMENE, JULIE.

CELIMENE *croyant être seule avec Julie, et s'arrêtant un peu, mais sans discontinuer de se promener.*

Le filet est jeté.

JULIE.

Il y tombera.

CELIMENE.

Il n'a nulle méfiance, que je sache.

JULIE.

Le prudent, le sage Valombré ! Convenez que vous devez beaucoup à Dorville. — A quand le dénouement ?

CELIMENE.

Après le diner.

JULIE *en prenant garde qu'Angelique et Dubois ne s'apperçoivent qu'elle les voit.*

Il y a du monde près de nous. (*Haut*) Enfin, Monsieur Valombré sera bien content de vous, je pense.

Elles passent outre.

SCÈNE IV.

ANGELIQUE, DUBOIS.

ANGELIQUE.

Que veut-elle dire ?

DUBOIS.

C'est une trahison.

ANGELIQUE.

Une indignité. — C'est contre Valombré.

DUBOIS.

Oui vraiment.

ANGELIQUE.

Il faudrait... Il faut lui découvrir....

DUBOIS *remarquant cet empressement et parlant en conséquence.*

Non, non, ne lui apprenons rien.

ANGELIQUE.

Pourquoi ? — Et s'il est leur jouet ?

DUBOIS.

Que nous importe ?

ANGELIQUE.

Comment ? que nous importe. Monsieur Dubois, c'est fort mal à vous.

DUBOIS.

Je disais cela seulement.... Ne craignez rien. Il saura bien démêler... C'est une coquette, comme on dit. Ces artifices là... Il connaît cela, il connaît cela.

ANGELIQUE

Ce sont des peut-être.

DUBOIS.

On verra. Il sera temps de l'avertir.

ANGELIQUE.

Du moins il faut instruire mon père.

DUBOIS.

Doucement, doucement, ne précipitons rien.

ANGELIQUE.

Pourquoi, je te prie.

DUBOIS.

Vous iriez découvrir?

ANGELIQUE.

Le grand mal!

DUBOIS.

C'est vous que vous iriez découvrir. Vous! vous entendez bien?

ANGELIQUE.

Non, je ne vous entends point.

DUBOIS.

Vous.. L'intérêt...

ANGELIQUE.

Enfin, que voulez-vous dire?

DUBOIS.

Que vous vous intéressez bien vivement..

ANGELIQUE.

Mais comme à un autre assurément.

DUBOIS.

Ah! que non pas; ah! que non pas. — Tenez, mameselle...

ANGELIQUE *avec mécontentement.*

Dubois!

DUBOIS.

Mameselle!... je ne dirai plus rien.

ANGELIQUE.

Parlez: qu'au moins l'on sache ce que signifie...

DUBOIS.

Je disais donc que quand un cœur. — oh! il faut qu'il soit bien jeune..... prend de l'amitié. — De l'amitié, vous entendez. Dame, Mameselle, c'est que cela se voit si bien. — Vous êtes franche vous, toute naïve. — Ah! c'est que je vous connais bien. — Vous avez raison, il ne faut pas dissimuler. Pour Madame Celimene, à la bonne heure; cela lui va bien: si elle disait vrai, je crois que ce serait pour mentir.

ANGELIQUE.

Dubois! je ne conçois pas quelle idée vous vient.

DUBOIS.

Ce n'est pas une idée : non, ma foi. — (*Il voit venir*) Ne voilà-t-il pas que l'on vient ici. — Avouez que c'est commode d'être comme cela interrompu à propos. C'est comme à la comédie : on ne sait plus trop que dire, un obligeant arrive, qui vous tire d'affaire. — Remerciez donc ces Messieurs.

SCÈNE V.

VALOMBRÉ, DESPRÉS, ANGELIQUE, DUBOIS.

DUBOIS *presqu'aux pieds de Valombré, ce qui surprend d'autant plus Angelique que cela paraît analogue à ce qui précède.*

AH! monsieur, mon bienfaiteur!

VALOMBRÉ.

Qui êtes-vous donc, que voulez-vous dire?

DUBOIS.

Vous ne reconnaissez pas ce pauvre voyageur à qui vous avez sauvé la vie dans les montagnes d'Auvergne. J'avais été volé, assassiné, j'étais là sur la terre, sur la neige blessé, sans argent, sans secours : il faisait un froid mortel. Vous m'avez mis sur votre cheval, et puis vous, vous alliez à pied, par le temps qu'il faisait. Mon Dieu! je pleure quand j'en parle! vous m'avez fait soigner, vous avez laissé quatre louis. Ah! monsieur! que je suis heureux de vous revoir.

VALOMBRÉ.

Si je vous fus utile, le plus vrai plaisir en fut pour moi. — Mais, comment vous trouvez-vous ici?

DUBOIS *parlant de Després.*

Je suis à Monsieur. Vous avez peut-être entendu parler de Dubois. Quelque temps avant que vous ayez connu mon maître, j'étais parti pour mon pays : une maladie m'y a retenu. Il y a huit jours que je suis revenu.

VALOMBRÉ.

En effet, il m'a parlé du brave Dubois, comme d'un homme dont il fait cas : je suis bien aise que ce soit vous.

DESPRÉS.

C'est le plus honnête homme : il a élevé ma fille.

ANGÉLIQUE.

C'est Monsieur Valombré dont vous me parliez souvent.

DUBOIS.

Eh! oui, Mameselle, sans le connaître. C'est cela que je vous racontais quand vous étiez encore toute jeune ; que je vous disais : apprenez ce que c'est que de savoir obliger. Quand on n'est pas bienfaisant, à quoi bon être riche ; on n'en a pas le droit.

SCÈNE VI.

LES PRÉCÉDENS, PICARD.

PICARD.

MONSIEUR! Antoine demande si vous n'avez pas de nouveaux ordres à donner, pour les courses sur l'eau, pour...

VALOMBRÉ.

Non, rien. L'essentiel est prévu. Que l'on fasse comme il dira, je l'ai chargé de tout.

PICARD.

Ah! j'oubliais. — Il faudrait savoir si l'on recevra au tirage de l'arc, les jeunes gens de l'autre village.

VALOMBRÉ.

Il verra : il les connaît sans doute.

PICARD.

Oui, Monsieur. Ils seront raisonnables; et puis les tireurs d'ici les demandent eux-mêmes.

VALOMBRÉ.

En ce cas.

PICARD.

Oui?

VALOMBRÉ.

Oui. (*Picard sort.*)

PICARD.

J'avais bien envie de lui parler : (*En s'en allant*) mais il ne faut pas. Julie, cette chère Julie, c'est la prudence même.

SCÈNE VII.

VALOMBRÉ, DESPRÉS, ANGELIQUE, DUBOIS.

DESPRÉS.

UNE maison comme la vôtre demande bien des soins, sur-tout dans des jours comme ceux-ci : il faudrait tout voir par soi-même.

VALOMBRÉ.

On s'en repose sur quelqu'un d'entendu.

ANGELIQUE.

On est obligé de se méfier.

(*Dubois par un signe, lui recommande le silence.*)

VALOMBRÉ.

On trouve presque toujours à bien placer sa confiance; et pour rencontrer des gens qui la méritent, il ne faut que la donner franchement, avec choix, il est vrai. C'est les hommes toujours soupçonneux qu'on s'attache à tromper.

ANGELIQUE.

On est aussi trompé par trop de confiance.

(*Dubois renouvelle son signe, auquel Angélique fait peu d'attention.*)

VALOMBRÉ.

On abuse de tout, sans doute. Mais ce serait trop triste d'être méfiant. Il faut se faire aimer, alors...

ANGELIQUE.

On peut être trahi, même par ses proches.

DUBOIS *s'approchant à l'oreille.*

Silence donc, vous oubliez...

SCÈNE VIII.

VALOMBRÉ, DESPRÉS, ANGELIQUE, DUBOIS, CELIMENE, DORVILLE, DORIMOND.

VALOMBRÉ.

MADAME ! vous m'avez prévenu chez André ; je vous en dois pour lui des actions de graces.

CELIMENE.

Il vous a dit cela. Parle-t-on de ces bagatelles ?

VALOMBRÉ.

J'ai été chez lui ; mais Ferval était payé. — Voulez-vous que je fasse dire à André de se rendre ici : il ne saurait vous refuser la grace de son neveu : achevez votre ouvrage.

CELIMENE.

Non, je vous laisse ce soin. N'êtes-vous pas le médiateur du canton ? Vous avez bien raison : il y a tant de plaisir à obliger ces bonnes gens. En vérité, je ne vois pas ici ces vices, cette grossièreté que l'on reproche aux campagnards : leur air simple et franc me plaît ; je leur veux du bien. Je vous envierais, je pense, celui que vous leur faites ; mais vous y mettez une manière ! C'est un bel art que celui d'obliger. — Et vous me l'apprendrez, n'est-ce pas ?

VALOMBRÉ.

Tout le secret consiste à désirer véritablement de le faire.

CELIMENE.

Dans la retraite, on a le temps d'y songer.

VALOMBRÉ.

Par-tout on pourrait faire beaucoup, nulle part on ne peut faire assez. Dans le silence même de la campagne, là où les heures se multiplient parce qu'on n'en perd aucune, à peine en est-il assez pour des devoirs illimités et des plaisirs vrais.

DORIMOND *voulant servir Celimene.*

Ah ! madame, changeons d'entretien : car dès que l'on vous parle d'obliger, l'enthousiasme vous prend. Si l'on vous abandonnait à vous-même, je ne voudrais pas répondre que vous n'alliez vous confiner dans une terre, au milieu des bons campagnards. Ecartez, croyez-nous, toutes ces idées qui vous perdront.

ANGELIQUE.

Pourquoi ? Madame y vivrait contente du bonheur des heureux qu'elle aurait faits.

CELIMENE *avec quelque ironie par laquelle elle se découvre un peu trop.*

Mademoiselle est revenue des illusions du monde.

ANGELIQUE.

Je ne les ai jamais connues.

CELIMENE *amèrement.*

C'est ce que je pense.

ANGELIQUE *piquée.*

Il m'appartiendrait mal d'aspirer à ces avantages brillans pour lesquels Madame est née. Il serait bisarre que l'on me vît sa rivale.

CELIMENE.

De plus modestes ont cessé facilement d'être ridicules dans le monde.

ANGELIQUE.

Elles eussent mieux fait de ne pas apprendre un art étranger. Pour cesser de paraître ridicules, il ne faut pas imiter ceux qui commencent à l'être.

DORVILLE *voulant interrompre.*

Ce beau souvenir des heureux qu'on a faits, doit avoir ses douceurs. Mais la vie est longue : je soupçonne qu'il faut autre chose pour la remplir.

VALOMBRÉ.

Je la trouve mieux remplie quand on s'efforcede l'employer, que quand on s'attache à la dissiper.

DORVILLE.

Et moi, je pense que d'aimables folies valent bien de sages ennuis.

DORIMOND.

Voilà le mot.

VALOMBRÉ.

Vous ne vous doutez même pas de ce qui fait le

bonheur. Bien avec soi-même, avec ce qui nous entourre; on est heureux à toute heure, et les heureux n'ont pas besoin des plaisirs. Un contentement égal, une simplicité primitive....

SCENE IX.

LES PRÉCÉDENS, PICARD.

PICARD *à Dorville qui se trouve des premiers du côté par lequel il arrive.*

MESSIEURS, on a servi.

DORVILLE *à Valombré.*

Pardon, mon frère, si j'interromps vos utiles réflexions sur la simplicité qui plait beaucoup aux simples, sur l'égalité que nous n'aurons point, et les formes primitives dès long-temps oubliées. — Mais vos égaux ont servi. Et tous les vices que votre théorie (que j'admire) expulse du monde, assis à votre table, attendent votre philosophie.

VALOMBRÉ *à Celimene.*

Dorville prétend (*avec des intentions marquées*) qu'on ne peut conserver sa raison, les jours où l'on vous possède; mais il a tant d'esprit que vous ne sauriez le désavouer : c'est bien là votre ouvrage.

(*Ils sortent. Dorville et Célimène, Dorimond et Angélique, Valombré avec Després.*)

ACTE V.

SCÈNE PREMIÈRE.

DESPRÉS, ANGELIQUE.

DESPRÉS.

MAIS, ma fille, nous sortons bien précipitamment. Les premiers nous quittons la table.

ANGELIQUE.

Qu'ils s'amusent sans nous, cette joie est si fatigante. — Je vous ai prié de vous rendre ici, parce qu'il est nécessaire que je vous parle sans retard. Monsieur Valombré est votre ami, n'est-il pas vrai? vous avez pour lui une estime entière.

DESPRÉS.

Mais à quoi tend ceci? Parle sans préambule : tu sais s'il faut craindre de t'ouvrir à moi. Que veux-tu dire?

ANGELIQUE.

Qu'il faut lui rendre un service : un service important, il a droit d'attendre...

DESPRÉS.

N'en doute pas, s'il est en mon pouvoir.

ANGELIQUE.

Eh bien! mon père.

DESPRÉS.

Explique-toi.

ANGELIQUE.

Une trame aussi lâche qu'odieuse : une coquette; son propre frère : Dorville, cette Celimene.

DESPRÉS.

Mais enfin.

ANGELIQUE.

On le joue. Celimene cherche à s'insinuer.... Je ne sais pas bien quel dessein : mais c'est d'une noirceur...

DESPRÉS.

Tu te trompes peut-être. — Veux-tu que sur un soupçon vague?.....

ANGELIQUE.

J'en suis trop assurée. J'étais ici. — Dubois avec moi. Celimene s'arrête là tout proche, sans nous appercevoir. Sa Julie est dans la confidence, nous les avons entendues. Il y tombera, ont-elles dit. C'est pour cet après-midi. Dorville nous a bien servies.

DESPRÉS.

As-tu bien entendu?

ANGELIQUE.

Très-bien, je vous le répète, et Dubois comme moi. Je

voulais vous avertir : Dubois s'oppose, il m'observe... Je ne sais pas tout ce qu'il me dit. — Mais enfin vous voyez.. le moment s'approche. Quel dessein ont-ils ? Je crains tout de Celimene. Mon père, vous n'abandonnerez pas votre ami. Courez-le joindre, l'avertir ; plus tard, il ne serait plus temps peut-être.

DESPRÉS.

Sois sans inquiétude. Je crois démêler... Je verrai facilement si j'ai rencontré le vrai. Alors, sans instruire Valombré, je veux lui laisser tout l'honneur de confondre leur perfidie. — Il est assez fort par lui-même.

ANGELIQUE.

Il est si confiant, si bon !

DESPRÉS.

Tranquillise-toi, mon Angelique, tu es émue.

ANGELIQUE.

Moi ? point du tout.

DESPRÉS.

Singulièrement alarmée.

ANGELIQUE.

Mais.. n'est-ce pas bien naturel ?

DESPRÉS.

Très-naturel. — Rentrons. Tu resteras au salon, je ne tarderai pas à te rejoindre. — Je veux te parler d'un dessein qui te concerne, ainsi que Valombré.

ANGELIQUE.

Moi ? Valombré ?

DESPRÉS.

Oui, tous deux. Et aujourd'hui. Mais songeons d'abord à ce qui fait notre crainte. Je vais chercher Valombré.

SCÈNE II.

VALOMBRÉ, DORVILLE.

DORVILLE.

Oui, je rends hommage à l'ascendant de votre raison ; j'avais bien quelque chose à vous opposer : mais j'avoue franchement que la persuasion est pour vous. — Celimene, Celimene elle-même, avez-vous remarqué comme vous l'avez convaincue? — Vraiment convaincue, ébranlée, changée. — Je crois même qu'elle veut de nouveau conférer avec vous : elle aime votre entretien. — Tenez, je vais vous donner un avis qui vous surprendra : mais si je vous suis souvent opposé d'opinion, je n'en suis pas moins votre frère. Vous devez, c'est mon sentiment, c'est un conseil d'ami, vous devez à votre systême, à l'utilité des mœurs, au bien public d'achever ce triomphe. Pensez-y. — Les goûts de Celimene jusqu'à ce jour, sa légèreté, sa coquetterie sont assez connus. Son changement serait éclatant, décisif; il ferait époque. Si vous l'amenez à vos principes, ils triomphent par elle. Le moyen est facile : Celimene gagnée, c'est un grand pas de fait.... Toute une ville.... Elle est très-considérée, elle est aimable... encore dans l'âge heureux où la raison a tout son mérite, et les vertus toutes leurs graces. — Sa fortune ajouterait aux moyens de faire des heureux.

VALOMBRÉ.

Qu'en voulez-vous conclure? Sa fortune, son âge? que fait tout cela? Vous vous écartez, Dorville.

DORVILLE.

C'est par-là qu'elle enchaîne l'opinion. Moins aimée, plus obscure, que pourrait-elle? — Je parle aussi... oh! — de simples conjectures... Mais vous n'avez à négliger aucun moyen de l'amener à vos principes ; nul succès ne sera plus flatteur, plus utile. Mais je l'apperçois près de nous. — Je l'évite pour rentrer promptement ; il faut bien vous remplacer.

SCÈNE III.

VALOMBRÉ, CELIMENE.

CELIMENE.

TOUJOURS solitaire! j'interromps vos rêveries.

VALOMBRÉ.

Je n'étais pas seul, on me quitte à l'instant. Vous accompagnerai-je? vous allez peut-être au jeu d'arc. Tout le monde y est en ce moment.

CELIMENE.

Tout le monde ! et précisément je n'y allais point. Vous croyez toujours que l'on cherche le bruit, la foule. Je suivais le ruisseau sous les saules, j'ai traversé les prés que l'on fane actuellement. Voilà le détour qui m'a conduite ici. J'aime beaucoup le travail des foins, il n'est pas absolument pénible.

VALOMBRÉ.

Je l'aime beaucoup aussi.

CELIMENE.

On ne parle que de moissons, de vendanges sur-tout. Pour moi il me semble que de toutes les récoltes, c'est celle-ci que je préférerais ; mais je n'en trouve pas bien la raison.

VALOMBRÉ *à dessein.*

Ce travail entraîne nos idées vers les siècles imaginaires qu'on s'avisa d'appeler l'âge d'or. — L'odeur des foins nouvellement abattus, les chants gais des faneurs, l'accord de leurs mouvemens, leurs troupes rangées en ligne dans l'éloignement, le bruit de la faux qu'on aiguise, ces jattes de lait qui les rafraîchissent près des eaux à l'ombre des peupliers, leurs jeux sur l'herbe entassée ; tout ce charme d'une scène tranquille autant qu'animée, sous le beau ciel de juin, a quelque chose de pastoral.

CELIMENE.

De pastoral. C'est ce que je me disais. J'aime assez tout cela. Je ne savais pas précisément que la campagne fût si agréable. Je conçois qu'on puisse l'aimer ; peut-être même la préférer. Aujourd'hui... Vous n'imagineriez pas que tout cela me touchait, m'intéressait. Je me suis presque surprise à regretter de n'y pas vivre.

VALOMBRÉ.

Continuons de nous rendre où vous alliez.

CELIMENE.

Mais je ne sais trop où j'allais. Je voudrais me reposer un moment. (*Ils s'assayent.*) Mais comment changer de manière de vivre ?.. On voit beaucoup de monde; on a ses habitudes ; les goûts sont connus ; on a pris un ton que l'on ne peut quitter. C'est une sorte d'état que l'on embrasse. — Changer tout cela, s'afficher, faire parler de soi !

VALOMBRÉ.

Craignez-vous un blâme injuste ?

CELIMENE.

Pas absolument. Mais enfin à quel sujet ? il faut un prétexte du moins. — Si j'en avais un, un solide, ma résolution serait bientôt prise.

VALOMBRÉ.

En faut-il d'autre que la volonté, la raison ?

CELIMENE.

La raison ne fait rien dans le monde, et la volonté n'est pas libre. — Ce sera un caprice, une extravagance : tout le monde s'élèvera contre moi.

VALOMBRÉ.

Vous laisserez dire tout le monde.

CELIMENE.

Vous, vous êtes en possession de braver l'opinion.

VALOMBRÉ.

Oui, quand elle n'est fondée que sur la mode ou l'erreur.

CELIMENE.

On vous le passe, parce que c'est un parti pris : mais moi je n'ai pas ce privilége.

VALOMBRÉ.

Qui me l'a donné ?

CELIMENE.

Vous-même, j'en conviens : mais il faut du temps. Si je fais comme vous, dans quelques années d'ici on n'y pensera plus : d'accord. On m'approuvera même, je le veux. Mais au premier moment, que ferai-je moi, contre ce blâme général. La crainte du ridicule éloignera tout le monde : je n'aurai plus d'amis.

VALOMBRÉ.

Vous aurez les gens de bien.

CELIMENE.

Seule, isolée, sans appui, — je ne me sens pas la force. — (*Douloureusement*) Je le vois bien : il faut vivre comme j'ai vécu. En se donnant à la société on fait vœu de n'être plus à soi. Convenez qu'il n'est pas possible....

VALOMBRÉ.

Pas possible ?

CELIMENE.

Non assûrément. Connaissez-vous un moyen ? c'est à vous à me l'indiquer. — Mais cette raison supérieure et si bonne en théorie, à quoi sert-elle dans l'usage de la vie ?

VALOMBRÉ.

S'il en était ainsi, elle ne serait bonne en aucun sens.

CELIMENE.

Si. J'aime votre si. — Vous le voyez : — vous ne sauriez rien dire pour me tirer d'un pas difficile.

VALOMBRÉ.

Je connais trop peu votre manière de penser.

CELIMENE.

Je vous la dis.

VALOMBRÉ.

J'entends sur un autre sujet.

CELIMENE *lui croyant les intentions qu'elle voulait susciter.*

Expliquez-vous !

VALOMBRÉ.

Je vais donc vous parler sans détour. Vous le voulez ?

CELIMENE.

Sans doute.

VALOMBRÉ.

Il vous faudrait un appui, dont l'estime vous dédommageât de l'approbation qui d'abord vous serait refusée peut-être ; dont l'amour et les soins vous fissent oublier une vie agitée qui laisse toujours un vide quand, après s'y être imprudemment livré, on la quitte tout à coup. — Vous êtes libre, vous êtes jeune... Mais peut-être...

CELIMENE.

A la bonne heure ! c'est parler du moins. Vous étiez muet. Examinons ceci ; car je ne crains pas de m'ouvrir à vous..... Eh bien !

VALOMBRÉ.

J'ignore si cette idée que je hasarde n'a pour vous rien de.....

CELIMENE.

Non. Dans la jeunesse, content de sa liberté, on songe peu à l'avenir : chaque jour prévoit à peine le jour suivant. Mais un autre âge amènera d'autres manières de sentir. On connaît trop tard le besoin de n'être pas seul, de prolonger son existence dans une existence nouvelle. Pour les célibataires, tout finit dans la tombe : cette idée sinistre la creuse, et les y entraîne vieillis d'avance par les regrets. Une mère, au contraire, voit sa vie s'étendre au-delà du terme : l'avenir qu'elle quitte lui appartient encore, ses enfans vivront alors. Le dernier moment du célibataire, c'est l'idée déchirante du néant : pour un père, c'est l'abandon d'un sommeil paisible.

VALOMBRÉ.

Avec cette manière de penser vous hésitez ! qu'attendez-vous ?

CELIMENE.

Ce que j'attends ?

VALOMBRÉ.

Oui, que faut-il de plus ?

CELIMENE.

Voilà une question. — J'attends.. un homme qui mérite mon estime, et dont je possède le cœur.

VALOMBRÉ.

Et vous n'en connaissez point ?

CELIMENE.

Non. Prenez garde à ces deux conditions.

VALOMBRÉ.

Je voudrais pouvoir vous nommer...

CELIMENE *trop vivement se laisse presque découvrir.*

Qui ?

VALOMBRÉ.

Quelqu'un que je connusse assez pour vous le proposer, et dont l'amour méritât votre main.

CELIMENE.

Vous voudriez pouvoir...

VALOMBRÉ.

Seulement alors je vous engagerais à différer : il faudrait

vous assurer vous-même que ce plan n'est pas prématuré, qu'il tient à une volonté fixe.

CELIMENE.

Si je vous assurais que ce n'est pas le caprice d'un jour, que c'est une résolution inébranlable. Si je vous disais enfin que vous avez toute mon estime, que vous avez rempli l'une des deux conditions.... Vous.

VALOMBRÉ.

Je vous répondrais, Madame, avec beaucoup de regret, que je ne suis point l'homme qui doit obtenir votre main. Vous supposant sincère, je pense que vous méritez un cœur qui, tout à vous.....

CÉLIMENE.

Et le votre me refuse.

VALOMBRÉ.

Je ne dis point cela...

CELIMENE.

Vous l'avez dit. — Je ne devais pas m'attendre... — Eh bien! apprenez que ce triomphe est vain, apprenez que jamais... Mais non, Monsieur, je n'ai plus rien à vous dire. Adieu. — Vous me connaîtrez.

SCÈNE IV.

VALOMBRÉ *seul.*

VALOMBRÉ.

QUELLE marche insidieuse!... Mais toujours l'œil observateur saisit quelqu'instant où l'on s'oublie. — Celimene a des graces, de la beauté, de l'esprit sur-tout. Mais il lui manque l'ame d'Angelique. — Quel contraste! — Celimene.... — Laissons Celimene. — Angelique, toujours sensible et vraie..... Si jamais elle aime.. — Vains songes qui abusent si souvent!...... Les regrets, le vide, voilà mon partage. Celimene vient de me le dire. — Angelique.... que d'amabilité réelle! quelle ame pure et aimante! — Aimerais-je moi?... Plaignons celui qui n'a jamais aimé.. sans faiblesses pourtant; voilà le difficile. — Avec quelle inquiétude je sonde l'avenir! Je l'attendais sans l'interroger; maintenant l'effroi, le desir.... Allons! du calme.... ou n'aimons point.

SCÈNE V.

VALOMBRÉ, DESPRÉS, ANGELIQUE.

DESPRÉS.

Il se passe chez vous des choses assez étranges.

VALOMBRÉ.

Je crois les savoir.

DESPRÉS.

Vous ne savez pas tout. Celimene s'éloigne pour jamais.

VALOMBRÉ.

Elle le peut, nous nous sommes fait nos adieux.

DESPRÉS.

Savez-vous aussi que Dorville lui-même s'était concerté avec elle pour vous abuser?

VALOMBRÉ.

Pour accuser un frère, avez-vous des preuves assez fortes?

DESPRÉS.

Averti par Angelique....

VALOMBRÉ.

Par vous?

ANGELIQUE.

Le hasard m'avait servi.

VALOMBRÉ.

Laissons tout cela. Ils n'ont pas réussi; c'est être assez punis.

DESPRÉS.

Vous êtes trop indulgent, vous serez trompé de nouveau.

VALOMBRÉ.

Non. Mon frère, me croyant instruit, me saura gré de mon silence. Pour n'avoir rien à craindre de lui, le seul moyen qui me convienne c'est de me l'attacher davantage.

DESPRÉS.

Vous le connaissez peu.

VALOMBRÉ.

Trop peut-être. Oublions tout, je vous le répète.

DESPRÉS.

Vous paraissez affecté, souffrant ?

VALOMBRÉ.

Il est dans la vie des momens d'une agitation plus difficile à vaincre.

DESPRÉS.

Nos affections dépendent de nous, disiez-vous souvent.

VALOMBRÉ.

En grande partie, mais non pas entièrement. — Un souvenir, ... un changement dans l'air nous peuvent attrister ; et nous prétendrions être impassibles, indépendans !

DESPRÉS.

Un événement funeste, peut-être ?

VALOMBRÉ.

Aucun.

DESPRÉS.

Serait-il indiscret de vous presser davantage ?

VALOMBRÉ.

L'amitié n'est jamais indiscrète. Nous parlerons de cela.... ensemble. — D'ailleurs, vous savez que j'ai des réflexions pénibles, des regrets .... Demain je serai trop seul. Vous connaissez mon humeur triste, ma faiblesse.

ANGELIQUE.

En serait-ce une que cette humeur rêveuse qui donne à nos ames une étendue nouvelle, qui élève nos pensées, et nourrit nos cœurs d'un sentiment triste et pourtant aimable ? Elle vaut bien la joie, et passe moins vite.

VALOMBRÉ.

Vous la feriez aimer. Le sentiment que vous exprimez reçoit un charme nouveau : il a dans votre bouche une grace plus attachante. La nature en faisant la beauté sensible, a voulu que nos plus vrais plaisirs fussent ceux d'un cœur aimant.

DESPRÉS *avec satisfaction.*

Avouez que vous voilà bien changé.

VALOMBRÉ.

Changé ! j'ose dire qu'il n'en est rien. — Les circonstances ne font que développer ce qu'on ignorait en nous. Ce qui peut vous surprendre fut toujours dans mon caractère...

SCÈNE VI.

LES PRÉCÉDENS, DORVILLE.

DORVILLE *à Valombré.*

Y pensez-vous ? votre conduite avec Celimene est inexplicable. Non que je prétende absolument excuser la sienne : moi-même je romps avec elle. Mais il fallait du moins ménager.....

DESPRÉS.

Des ménagemens quand on en mérite si peu.

DORVILLE.

Quels reproches si graves peut-on lui faire ?

DESPRÉS.

Aucun sans doute : ses intentions étaient pures. Mais si vous n'êtes choqué que du mal qui tombe sur vous, apprenez qu'elle vous abusait vous-même, que sa main fut offerte à Valombré.

DORVILLE.

Je le sais, Monsieur ; que m'importait ?

DESPRÉS.

Elle vous était promise cependant.

DORVILLE.

Celimene se flattait de m'avoir rangé sous sa loi : elle vient de connaître son erreur.

DESPRÉS.

Bien assurée de ne pouvoir rien sur Valombré, apparemment elle voulut exercer sur vous un empire auquel elle devait croire davantage.

DORVILLE.

Et cet empire n'était plus. Mes vœux s'adresserent

à elle ; mais depuis que je connais mieux votre adorable fille, mon seul desir est de lui faire agréer des sentimens qui bientôt ont fait taire pour jamais ceux que Celimene avait pu m'inspirer. (*à Angelique*) Oserai-je espérer ?

ANGELIQUE.

Je plains ce changement, Monsieur. Votre union avec Celimene eut couronné dignement une trame odieuse, dirigée contre votre frère par une lâche vengeance. Après l'avoir subjugué, elle devait le refuser, vous l'aviez engagée à vous préférer ; elle est refusée de tous deux. — Pour vous, Monsieur, apprenez que l'amour d'un homme tel que vous ne s'aurait me flatter. Je sais tous les avantages de votre alliance ; ils sont brillans, mais... voilà ma réponse.

DORVILLE *à part.*

Tout est découvert, et je ne l'ai pas soupçonné !

DESPRÉS *à Angelique.*

Achevez de parler : non seulement je vous y autorise, mais je vous charge de faire connaître à Valombré les intentions de votre père. Vous les tairiez à un autre ; mais un homme comme lui peut les apprendre de votre bouche.

ANGELIQUE *à Dorville.*

Mon père vous fait assez entendre, Monsieur, que celui dont vous vouliez vous jouer pourrait seul prétendre au cœur de sa fille.

VALOMBRÉ *à Angelique.*

Vous consentiriez à embellir mes jours ? cette existence froide que l'amitié m'apprenait à tolérer, pourra devenir une vie heureuse ?

DESPRÉS.

Je suis assuré du bonheur de ma fille. Qu'en ce jour où l'artifice de Celimene est puni, les sentimens vrais soient couronnés, qu'une fois l'homme de bien soit satisfait, et que tout autre souvenir soit oublié.

FIN.

De l'Imprimerie de FARGE, cloître Saint-Benoît, n° 2.

www.ingramcontent.com/pod-product-compliance
Ingram Content Group UK Ltd.
Pitfield, Milton Keynes, MK11 3LW, UK
UKHW012104240726
13965UKWH00004B/1520